趣味动物系列丛书

狮

◎ 李湘涛 文／摄影

QUWEIDONGWUXILIECONGSHU

文化艺术出版社
Culture and Art Publishing House

## 图书在版编目（CIP）数据

狮/李湘涛 文/摄影. —北京：文化艺术出版社，2007.4
（趣味动物系列丛书）
ISBN 978-7-5039-3259-5

Ⅰ.狮… Ⅱ.李… Ⅲ.狮—少年读物 Ⅳ.Q959.838-49
中国版本图书馆 CIP 数据核字(2007)第 052362 号

### 狮（趣味动物系列丛书）

| | |
|---|---|
| 总 策 划 | 李胜兵 |
| 文/摄 影 | 李湘涛 |
| 责任编辑 | 孙文刚　　邢亚超 |
| 封面设计 | 北京传世文化发展中心 |
| 版式设计 | 普尔汉德(北京)国际文化交流有限公司 |
| 出　　版 | 文化艺术出版社 |
| 地　　址 | 北京市朝阳区惠新北里甲 1 号　100029 |
| 网　　址 | www.whyscbs.com |
| 电子邮箱 | whysbooks@263.net |
| 电　　话 | (010)64813345　64813346（总编室） |
| | (010)64813384　64813385（发行部） |
| 经　　销 | 新华书店 |
| 印　　制 | 北京外文印刷厂 |
| 版　　次 | 2007 年 6 月第 1 版 |
| 印　　次 | 2007 年 6 月第 1 次印刷 |
| 开　　本 | 1/16 |
| 印　　张 | 6 |
| 字　　数 | 80 千字 |
| 印　　数 | 1—8000 册 |
| 书　　号 | ISBN 978-7-5039-3259-5/G·651 |
| 定　　价 | 18.00 元 |

　　狮被人们誉为"兽中之王"，这不仅是因为它巨大的身躯、凶猛的性情，还因为它那洪亮的吼声和威武的雄姿。

　　狮是惟一一种雄性和雌性外形明显不同的猫科动物。狮的毛发短，体色有浅灰、黄色或茶色，皮毛的颜色同天然背景浑然一体，即使在白天，如果不仔细辨认，也很难发现它。而对于雄狮来说，它还长有很长的鬃毛，有淡棕色、深棕色、黑色等等，一直延伸到肩部和胸部。那些鬃毛越长，颜色越深的个体或许在雌狮的眼里就是英武挺拔的标志，常常更能吸引它们的注意。

　　狮与其它猫科动物的另外一个最大的不同，是它属于群居性动物。一个狮群通常由 4—12 个有亲缘关系的雌狮、它们的幼仔以及 1—6 只雄狮组成。狮群的大小取决于栖息地状况和猎物的多少。在食物充足的地方，最大的狮群可能聚集了 30 只甚至更多的成员，但大部分狮群维持 15 只成员左右，小一些的狮群也很常见。一个狮群成员之间并不会时刻呆在一起，不过它们共享领地，相处比较融洽。它们会互相舔毛修饰，互相哺育和照看幼仔，当然还会共同狩猎。

　　狮群中的狩猎工作基本由雌狮完成。它们不论白天黑夜都可能出击，不过夜间的成功率要高一些，尤其是月黑风高的夜晚……狮通常捕食比较大的猎物，例如野牛、羚羊、斑马，甚至年幼的河马、大象、长颈鹿等等，当然小型哺乳动物、鸟类等等也不会放过。有时它们还会仗着自己巨大的身体优势，顺手抢其它肉食动物的战果，比如哪只在错误时间出现在错误地点的豹，甚至为此不惜杀死对方。另外，它们还会吃动物腐尸。

　　虽然狮的幼仔有时也会受到其它食肉动物的袭击，但它们最大的天敌当然还是武装到牙齿的现代人类。人类对它们的猎杀绝大多数并非为了自己的生存，而只是为了满足经济利益以及不正常的杀戮欲。

　　狮过去曾生活在欧洲东南部、中东、印度和非洲大陆等广大地区，由于生活地域辽阔，分化为许多不同的亚种。生活在欧洲的狮大约在 1 世纪前后因人类活动而灭绝。近代灭绝的狮亚洲有两种，生活在南非开普省的开普狮或好望角狮于 1865 年灭绝；生活在北非的巴巴里狮于 1922 年灭绝。生活在西亚的亚洲狮因偷猎而灭绝后，印度吉尔国家森林已成为亚洲狮最后的栖息地。非洲狮如今基本分散在撒哈拉沙漠以南至南非以北的大陆上，在这里的广阔草原、开阔林地、半沙漠地区生活，并在肯尼亚海拔 5 千米的高山中也有发现。不过，这些非洲狮如今也在面临栖息地丧失和疾病的困扰。因此，在《濒危野生动植物物种国际贸易公约》中，亚洲狮被列入附录一，非洲狮的各亚种则被列入附录二。

　　无论是人狮之战也好，还是艾滋病毒也罢，曾经的"万兽之王"可能早就风光不再。人类在警惕狮的同时，也应该与它们和平相处，甚至施以援手了。

　　其实，非洲狮数目锐减的现象已经引起了全球动物专家的注意，很多专家已经赶赴非洲，并肩展开研究。为了使狮的数量增加，人们正在尝试重新找回人狮相对和谐生存的状态，但这确实十分的艰难。也许，在不久的将来，地球上很可能不会再出现非洲狮的身影，因此人们必须加紧研究和保护工作，为狮的命运而战！

# contents

→ ● → ● → ● → ● → ● → ● → ● → ● → ● → ● → ● → ● → ●

## 目录

# 1

# 2

contents

# 3

◉狮的生活

# contents

# 4

## 狮的繁衍

# 5

## 狮的文化

# 6

# 狮

趣味动物系列丛书

# 狮

## 1 兽中之王

*ShouZhongZhiWang*

狮为什么被尊为"兽中之王"？

雄狮的鬣毛有什么用？

狮的牙齿为什么会变色？

为什么要用 DNA 比对狮的血亲关系？

……

## 为什么说狮的习性与其它猫科动物有很大的不同？

狮在分类学上隶属于哺乳纲、食肉目、猫科、豹属。它们分布于非洲的大部分地区和亚洲的印度等地，生活于开阔的草原疏林地区或半荒漠地带，习性与虎、豹等其它猛兽有很多显著不同之处，是猫科动物中进化程度最高的。它们是惟一喜欢群居的猫科动物，带有强烈的以家族为纽带的社会化现象，成员之间有亲昵的行为，虽然有时也相互威胁。

雄狮和雌狮的体形也有所不同，雌狮比雄狮身形细小，体重要轻20%—50%。因此从雌雄两性的差别来说，狮也比别的猫科动物要大得多。狮的猎捕活动主要在夜间，但并不像其它猫科动物那样严格，有时白天也出来捕食。狮的奔跑速度极快，但不像其它猫科动物（尤其是体形较小的）那样善于爬树和游泳。如果食物有剩余，狮也不像虎、猎豹等那样，用树叶把余下的捕获物盖起来，而是丢在一边，一走了之。

# 狮为什么被尊为"兽中之王"?

狮也称"狮子",体长约140—270厘米,尾长约70—105厘米,体重约30—130千克,雌狮的体形较小,一般只及雄狮的2/3。狮的长相的确很威武,尤其是雄狮,头宽大而浑圆,吻宽,炯炯有神的眼睛闪射着犀利而威严的光芒。它的眼睛很大,而且构造完善,使得视觉系统十分发达,可以像猫一样通过肌肉来调节瞳孔的进光量,从而在黑暗中观察景物。它的上下颌非常有力,颌下的长触须和短胡子均为白色,耳圆且直立,耳背为黑色,与身体其它部分形成鲜明的对比。狮的脸变黑的程度能反映出它的年龄。幼仔的嘴脸是粉红色的,到了成年老狮那里,脸就变成了黑色。起初是在不同的地方突然出现一些色素沉着的黑斑,以后黑斑渐次扩大,连成一片。眼睛的虹膜也由金色变成栗色。

狮的休躯轻捷而矫健,四肢粗壮而结实。体毛呈沙黄色、棕黄色至暗褐色,随着性别、年龄和个体不同而有差异,雄狮的头、颈部还生有鬣毛。雄狮和雌狮的尾端均有一绺浓密的黑色球状束毛,内藏骨质硬包,就像一个黑色绒毛团。狮的爪上有可以自由收缩的爪钩,能够抓伤和逮住拼命挣扎的猎物,也可以助雌狮和幼狮爬到树上。爪上还生有肉垫,可以使它行走时不发出声响。

总之,狮的整个体躯把敏捷和速度、残忍和凶猛结合得十分完美。

# 雄狮的鬃毛有什么用?

雄狮的头顶生有长毛,颈部、肩部也都披拂着长长的鬃毛。鬃毛有各种颜色,从淡黄到接近黑色的深褐都有,但一般比身上的棕黄色较深一些,一直下垂到喉部、前胸至前腿基部,显得威风凛凛,令人望而生畏。

雄狮从两岁起开始长鬃毛,到了五六岁,鬃毛的长度可达大约 24 厘米。雄狮的鬃毛的颜色可以随着年龄的增大而加深或者褪色。只有一部分雄狮可以长出很长很密的鬃毛。雄狮的鬃毛主要起到吸引雌狮的作用,也作为向群体成员示威的象征,另外在搏斗时,它们的鬃毛可以减轻爪子对头、颈部的伤害,同时鬃毛也会因伤脱落。

人类社会中存在着一见钟情,而人的相貌也确实在异性交往中起着重要的作用。野生动物在择偶时,是否也会有"好色"的嫌疑呢?

对于至尊威严的狮来说,这一点也是肯定的。在"恋爱"季节中,深色鬃毛的雄狮会格外受到雌狮的青睐。如果有两只雄狮在草原上悠然地散步,一只拥有黑色鬃毛,另一只则是金黄色的,旁边的雌狮一定会对那只长有黑色鬃毛的雄狮"百般示好",而把看上去有着"飘逸金发"的雄狮冷落在一旁。可见,在狮群中,雄狮的身材和鬃毛的颜色对其社会地位和生殖能力具有很大的影响。雄狮一般对长着长鬃毛的同性最存忌畏,而雌狮则对鬃毛颜色最深的异性表现出较大的"性"趣。这是因为鬃毛颜色越深的雄狮,散发出的热量也越多。深色鬃毛象征着它们营养充足、身体健康,对其它雄狮来说更具威胁性。

# 怎样用无线电追踪狮的活动？

为了在野外追踪狮的活动和研究狮的行为，最有效的方法是无线电遥测系统，给狮戴上无线电颈圈。这也是目前进行野生动物研究工作所普遍采用的一种既不影响野生动物自身的行为，又能准确了解它们的活动范围、种群结构和行为习性的方法。

给狮戴上的项圈都是由机器制成的宽带子，上面系有一个小型无线电发送器，可以松松地悬挂在狮的颈部。每个发送器可以送出不同的频率，正如收音机有不同的频道。由于狮大半局限在特定的范围□活动，对于所要研究的已经佩带好无线电发送器的个体，可以事先在接收器上设定好这几个频率。接收器在收到某只狮的频率后，每隔数秒便会自动转到另一个频率上，接着再换下一个。

无线电接收器可以安装在越野车上，车顶上加装定向天线，使其成为动物追踪车。狮身上的无线电发送器每秒钟会发出一次讯号，距离带有发送器的项圈愈近，讯号声的强度就愈大。车顶的定向天线只有在笔直朝着项圈逼近时，讯号声才能很清晰地接收到，从而确定狮的位置。如果打算接近它们，可以先将讯号扫描器关掉，然后绕个小圈行驶，迂回到狮所在的位置进行观察和研究。

不过，发送器由地面向空中的发送范围只有 3 千米左右，因此常常只能追踪到狮的讯号，却看不见它们的踪影，但至少可以知道它们大致的活动范围。如果狮跑出讯号所能达到的范围，研究人员就只好四处去寻找，甚至不得不动用直升飞机才行。

# 狮的牙齿为什么会变色？

狮的牙齿表现了它对捕猎性生活方式的适应。它的犬齿又长又尖，雄狮可达6厘米左右，既能捕猎，又能搏斗；上颌裂齿呈剃刀状，适于撕咬和切割猎物的身体；臼齿则用来嚼碎肉块。

从牙的颜色可以看出狮的年龄。刚刚成年的狮，其犬齿是奶白色的，以后变成淡黄色，再渐渐加深，最后变成焦糖一般的褐色。随着年龄的增大，原来的尖牙利齿也渐渐磨钝，变得破损残缺。与此同时，门牙也开始脱落。老年个体的门牙基本掉光。

## 知识小百科

●●● 狮是什么地方的"百兽之王"？

在世界上以前出版过的一些图书里往往把狮的栖息地搞错。例如，英国人称它为"丛林之王"，这未免把它活动的地方说得太潮湿了；德国人则以他们一贯彻底的作风走到另一个极端，又把它放到沙漠里去了，称它为"沙漠之王"。事实上，狮主要生活在开阔的草原疏林地区或半荒漠地带，这种不干不湿的生存环境，才是它真正喜欢居住的地方。

狮没有十分固定的地域，常随所猎食的动物的迁移而四处流浪，但在活动区域内大多有水源。如果食物丰足，流浪的范围就小一些；食物缺乏时，一天之中往往要走相当远的距离。

# 为什么要用DNA比对狮的血亲关系？

在野外，有时无法由狮的行为或外观来判定它们的血缘关系，只能通过搜集狮的血液样本，然后依赖DNA的比对，找出基因上的关联。确定雄狮群彼此之间的近亲关系是非常重要的，因为大多数动物的合作行为都是以血缘为依据的。然而，雄狮却经常与毫不相干的对象合作。

只要从一只狮身上抽到足够的血，便能取得分量足够的白血球，而每个白血球中即含有少量的DNA。这种被称为"DNA指纹技术"的方法，已成功用于指认强奸犯及谋杀犯，或为鸟类和人类测定血缘关系。

为了搜集狮的血样,需要用麻醉枪将狮击中。经过两分钟左右,它就会在麻醉药的效力下失去知觉,头部下弯,最后垂放在前掌之上。再等两分钟,科学家就可以趁机在注射筒内装入抗凝血剂,戴上橡皮手套,来到它的身旁进行抽血实验。

狮的皮非常硬,血管分布在皮下深处,以防对手的爪牙攻击。但有经验的科学家可以毫不费力地找到狮腕际,甚至尾巴上的血管。通常是从狮大腿内侧的大血管抽血,也就是紧靠大腿骨动脉之处,那里的皮比较嫩,可以确切找到下针处,但需要有人帮忙将狮的后腿拉直。

与此同时,还可以对狮的身体进行检查与测量工作。

# 狮群对用录音机播放的狮吼声有什么反应？

狮的领域性很强，尤其是雄狮，总是不停地守望，防止其它雄狮侵入它的狮群。雌狮们也完全不允许外来的雌狮闯入自己的领域。因此，狮一旦听到领域内传出陌生同类的吼叫声，莫不提高警觉。

为了研究狮的领域行为，科学家专门录制了一些狮的吼叫声，然后通过高功率的音响设备，包括大功率的扩音器和能以高音量放送的喇叭等，向附近的狮群播放。同时，将汽车停在狮群附近，以便观察它们的反应。

不论在何时播放狮吼的录音，野外狮群中的雄狮都会立刻提高警觉，全神贯注地倾听。

一等播音完毕，它们就迅速起身，头也不回地朝吼声方向走去，准备逐出入侵者。它们走过去，绕过喇叭，在汽车周围几米远的范围内寻找外来者可能驻足的地方，准备与它决一死战。如果没有结果，就会登上一个视野辽阔的高处，直到它们确定附近没有外来者，才就地卧下，再向远方张望一阵，然后才心安理得地回去睡觉。

科学家还利用制作的假狮来试探野外的狮群是否真的会攻击入侵者，方法是将假狮藏在一处灌木丛中，然后在它附近播放狮吼录音带。野外狮群中的雄狮立即奔跑过来，发现假狮后，便悄悄从背后一步步缓缓逼近它，最后一扑而上，向它发动攻击。但是，当它们咬到满嘴的黄褐色兽皮及泡棉时，不仅立即兴致全消，而且似乎还充满了困惑。

# 狮

## 2 狮的社会

*ShiDeSheHui*

雌狮会离开原来的狮群吗？

狮群中的成年雄狮是从哪里来的？

雄狮之间是怎样相处的？

……

# 狮群的组成结构是怎样的?

狮一般由一个家族或几个家族组成一个群体,每个家族的组成通常包括雌狮、未成年的幼狮及一组外来的雄狮。一个狮群一般由4—12只成年雌狮、12只左右年龄不等的幼狮以及1—7只成年雄狮组成。因此,一个狮群有时可以多达40—50余个成员。但狮群的结构是可变的,而且狮群中的成员并不总是同时聚集,但这并不妨碍它们属于同一个社会单位。

狮群中的成员通常共同生活,共同出猎,并共同分食猎物。群体在进餐时等级分明,先雄狮,后雌狮,然后才是幼狮,强者进食时,弱者便在一旁等候。

在一个狮群中,雌狮和雄狮担任的角色是各不相同的。雌狮除了负责捕食外,当然还要生儿育女。雄狮的主要任务是保卫,负责整个群体的安全,抵御外敌入侵,也使雌狮放心地繁殖后代。尽管雄狮完全具备狩猎的能力,尤其是捕猎斑马或者水牛等大型动物,但却很少参加捕猎行动,80%—90%的捕猎任务都由雌狮担任。因此,雄狮所吃的猎物有大约75%来自雌狮的捕猎,12%来自偷窃别的食肉动物的战利品,只有13%来自它自己的捕猎。当然,对于流浪的雄狮来说,由于没有雌狮可以依靠,所以只能自食其力了。

## 狮群的领地属于雄狮还是雌狮？

狮群的领地面积一般在 15—500 平方千米之间。领地的大小取决于栖息环境的类型，包括是否终年有水、猎物是否丰盛等等。最重要的是不论雨季还是旱季，都要有猎物可以捕食。相邻狮群的领地可能会有重叠，而一个狮群的狮也并非对它们的领地全部利用，只有它们特别偏爱的地段才不允许别的狮群侵入。

一个狮群所占的领地隶属于雌狮。狮群就像是个大家庭，雌狮及幼仔之间都有亲缘关系，不是母女、堂表姊妹，就是姨婶甥侄等等。雌性幼仔和它们的母亲、外婆一样，都是出生于本狮群，一般终身生活在一起，关系非常和谐，没有任何等级差别，也没有其它哺乳动物中常见的占据统治地位的雌性。领地在母女之间代代相传，可在数十年间保持稳定。因此，是雌狮保证了狮群的繁衍延续。"姊妹"所生的雄狮会一起成长，结为一伙。如果这批雄狮的数目足以打入一个新狮群，它们就会保持兄弟或堂表兄间的伙伴关系。这类雄狮群，最多可达 9 只之众。

以团体的方式加入这个群体的雄狮，不仅替雌狮带来下一代，也保护它们免遭其它流窜的雄狮群骚扰。每隔数年，狮群中的雄狮就会来一次大换血，改由另一群雄狮替代。尽管交配的对象一改再改，母系间的传承却始终不变。

# 雌狮会离开原来的狮群吗？

雌性幼狮达到成熟年龄以后，一般都会留在原地。它们已从小就跟着母亲和其它成年雌狮学会了在自己的领地内生活的本领。它们知道哪个季节哪个地段最适合捕猎，哪个地方最适宜产仔。一般来说，在较小狮群出生的雌性幼狮一到成年，就能自然而然地融入群体，而在较大群体出生的雌狮却要难得多，因为这需要猎物的数量相应地增长。

不过，也有一些雌狮大约从 4 岁开始就可以往外迁移。它

们可以完全离开原来的领地去新的地方组建一个群体，也可以占据原领地中的一部分。这个群体可以是完全独立的，有自己的雄狮，也可以是一个子群，依附在母群之下。如果是后一种情况，这些移群的雌狮在发情期以及遇到新的雄狮出现的时候，都可以回到母群之中。

还有一些向外移群的雌狮会走很长的路，在距离原领地很远的地方重新开始生活。造成这种情况的原因很多，除了狮群的规模和猎物的多少之外，还有一个可能是狮群中加入了新的雄狮。它们为了逃避这些雄狮对自己幼仔的伤害，才背井离乡去其它地方开辟领地。不管是哪种情况，迁移的雌狮的怀孕期都会比留在母群的雌狮长一些，而寿命却要短一些。

至于年龄太大的雌狮，一般都不会被驱逐出原来的狮群。它们至死都是原来狮群中的成员，即使它们失去了生殖的能力，或者不能有效地参与捕猎，也照样享受该群体成员一样的待遇。

## 雄狮长大后为什么必须离开原来的狮群?

雄性幼狮最早是跟它们的亲姐妹表姐妹在一起生活的，一般可以允许它们在狮群中呆到2—3岁左右。此后，或者是主动离开，或者是被成年雄狮赶走，无论如何，这些长大了的雄狮就必须离开它们出生的狮群了。

这些年轻的雄狮有时是独自离群，但更常见的是几只同龄的雄狮一起离开。由于狮群中的雌狮都有亲缘关系，因此这个狮群中出生的雄狮也都具有兄弟或堂表兄弟一样的伙伴关系。它们自幼便结为一党，很多终生都不分离。它们会协力打入新的狮群，并击退其它雄狮团体，以捍卫既得的领地。雄狮的群体越大，越容易击败其它较小的团体，繁衍下一代的机率也大为提高。

但并非所有的雄狮群都有有这样的近亲

关系。假如某个雌狮群只生下寥寥数头雄狮幼仔，大多数为雌狮幼仔，那么就可能发生雄狮幼仔长大之后找不到近亲伙伴的情形。等这只或几只雄狮被迫离开出生的狮群后，就势必无力打人另一狮群，而注定要过几年孤独流浪的生活。

在狮的社会里，单个雄狮是没有机会在竞争中赢得胜利的。因此，这些落单的雄狮只能伙同其它同样无亲无故的两三只雄狮组合成新的同盟，共同攻占一个雌狮群。事实上，这类组合也是极为普遍的，大约有2/3的二狮组合，或半数左右的三狮组合，都是这种并无血缘关系的结合。这种同盟关系持续的时间一般为2—6年，然后常有新的同盟来向它们挑战，就如同几年前的它们一样。

# 狮群中的成年雄狮是从哪里来的？

狮群的成年雄狮与雌狮没有任何亲缘。它们有时来自非常遥远的地方，到这里赶走前任"大王"，夺取权力，战斗有时非常激烈。有时常住雄狮死了，或者自愿去了另一个群体，便给新来者腾出位子。

这样可以自然地避免父亲与女儿之间的交配。因为当一只雌狮长到2—4岁，能够生儿育女的时候，新一代的雄狮已经开始接班，掌握了狮群的权力，而它们的父辈已经不得不离开了。

在雄狮一生中，成年后流浪1—3年是完全正常的。在这之后，一个年轻的流浪群体有可能成为一个狮群的雄性部分。夺权可能是一个很慢的过程，新来者在领地边缘安营扎寨，观察几个星期，有时甚至更长。它们会在凶猛的雌狮身边转悠，盯牢占住权位的雄狮，一旦它们显出年老或者衰弱的征兆，就开始夺权行动。如果观察总没有机会参加夺权战斗，或者看到前"大王"落荒而逃，那么有一天，它就会有机会看到新的雄狮带着雌狮在领地中央坐上了宝座。那些前任雄狮是不许它们这些新来者闯进那儿的。

# 雄狮之间是怎样相处的？

在哺乳动物中，只有寥寥数种能够在雄兽之间形成比较紧密的联系，个别的可以保持终生不变，而狮便是其中之一。

无血缘关系的雄狮到底为什么要合作呢？如果是彼此有利，那么非亲属间的合作还可能维持，但如果联手并没有比单打独斗有利，互相帮忙反而带来危险，而且猎物又不多，那么就会出现某方企图偷懒、占对方便宜的情形。一小群无血缘关系的雄狮到底是怎么相处的呢？它们是处于互助合作的神奇状态？还是企图将驱逐外侮的苦差事推给同伴，而由自己独占雌狮？

事实上，无血缘关系的雄狮和具有近亲关系的雄狮一样，同样合作无间，没有欺骗怠惰的倾向。即使在我寡敌众的情况下，无血缘的雄狮也和同胞手足一般为同伴的利益尽力，如果它们的合作仅仅是建立在互惠上，那么当一只雄狮独处时，它一定会偷懒怠惰。落单的雄狮过着孤独又担惊受怕的生活，在多年挣扎求生的困境中寻找适当的合伙伴侣。一旦与某只雄狮结为伙伴，彼此便产生浓厚亲密的情感，互相依偎，流露出一种很少对雌狮展现的亲昵感情。只要它们决定组队，彼此的亲密程度必然不输给亲兄弟。

雄狮的日常行为是长期互赖关系的一部分。保住友伴是如此的重要，以至于雄狮会用尽方法来挽留对方、找各种机会与对方合作并加以保护。由于驱逐敌对雄狮群是它们共同的目的，今天若有一方不愿协助友伴，致使友伴陷入敌方掌中，那么明天便轮到它独自面对敌害。就算它在下一回合侥幸捡回一命，也会受到驱逐，再也没有机会重返雌狮群。

一般来说，非血缘的合作必须建立在各方皆有平等的传宗接代机会上。但是，当父亲的机会并非均等，有血缘关系的雄狮即使遭到近亲无情的剥削，丧失传宗接代的机会，它们还是会从行为中受益。因此，在雄狮之间，伙伴是生存关键。如果眼前做出不利于他人的事情，最后倒楣的还是自己。

## 知识小百科

●● 雄狮组合为什么大多都是两三只？

狮既然群居，又同时进行繁殖，理应会产生一大群的雄性亲属，落单的雄狮惟有结合起来才能与它们匹敌，而且结合的数目愈多，胜算愈大，保有雌狮及繁衍后代的时间也愈长。但事实却不然，落单的雄狮往往只结成两狮组，或顶多是三狮组，绝少见到四狮结伴而行的情形。既然三狮以上的组合更易提高交配机会，为何落单雄狮只愿组成小团体呢？为什么没有数十只雄狮联合起来，将当地所有的雌狮尽数纳入自己的势力范围呢？

这是因为雄狮组合的数目愈大，彼此争夺交配机会的状况愈激烈，许多雄狮根本没有办法繁衍后代。也正因为如此，大规模的雄狮团体中，通常只有少数几只拥有交配权的雄狮获利。

# 狮的同类之间也会发生战争吗？

狮群之间较少发生战争，由于它们拥有强而有力的牙与爪，都不敢轻举妄动，即使有一定的冲突，也很少给彼此的身体造成严重的创伤。它们经常采用的是留下气味记号、吼叫等方式，所有这些都是它们示意规避的信号，能够在同群或不同群的雄狮间减轻发生冲突的危险。

一般来说，不同的狮群都很清楚自己的领地范围，并且遵守规矩。要是在领地内发现了闯入者，雄狮就会立即冲过去，用吼叫声把它驱逐出领地。有时候，雌狮可以结成强大的统一阵线，把外来的入侵者打得落荒而逃。

如果侵入者并不只是闯进来玩耍，而是企图把在位的雄狮拉下宝座，那就会发生一场你死我活的战斗。同盟的雄狮也会互相帮助，并肩战斗。它们即使没有亲缘关系，也会同样齐心协力，奋勇当先，直到战斗结束。斗败的雄狮颈部两侧的橘黄色鬃毛常秃掉好几块，从而失去它往日威风的斗篷。

由于打斗的代价太高，狮只有在最后争夺拥有权时才付诸一战，而不必每次冲突都变成一场恶斗，以减少不必要的损伤。在野生动物的世界中，得不偿失的负伤机会很多，因此在不是十分必要的情况下，许多动物都会避免两败俱伤的结果。

# 雌狮之间是等级关系还是伙伴关系?

雌狮之间在婚配和繁育后代方面没有严格的等级制度。在狮群中,没有一只雌狮比其它雌狮明显地过多生育幼狮,它们在婚育中都是平等的。从总体上来看,所有雌狮都有生育的机会,而且子女数量基本相同。这种和平共处的最大优点是,雌狮能够彼此互相合作,共同养育幼狮。

真实的狮的世界远没有电影《狮子王》那般温馨感人,并不存在一个"女王"与一个雄狮"国王"相配的故事,而是雌狮"姐妹"们互相帮助,共同抚养幼狮长大。在这个互助社团里没有什么统治者,与"女王至上"的蜜蜂、蚂蚁,或者等级制度森严的鬣狗、狼和大猩猩等动物完全不同,在狮的王国里主张"个个平等,责任分享"。

在狮群的雌性中没有任何统领地位的现象,它们是真正的伙伴关系。它们的伙伴关系总是围绕养育后代,任何分娩的雌狮都会寻求其它雌狮的帮助,形成一种抚育群体。在狮的互助社团里关系十分融洽,因为一方面狮可以单独生存,并不互相依赖,能和平友好地分手;另一方面,它们确实需要对方。因此,它们的合作是社团性质的。

雌狮也在一起狩猎,同时防御其它狮群的攻击,避免自己的幼狮被杀死,但它们也会攻击其它狮群的幼狮。雌狮一般是离开狮群生下幼狮,几周后才返回,然后成年雌狮组合在一起养育和保护幼狮。

# 流浪雄狮是怎样生活的?

迄今为止,流浪雄狮的生活尚未完全为人们所了解。这些流浪者大多不定期地伴随一些流浪雌狮或者定居雌狮,少则几天,多则几周,视常住雄狮的警觉度而定。每当雌狮捕猎时,它们由于跟随在侧而获得食物。如果在路上遇到发情的雌狮,包括定居狮群中的雌狮,它们也能够与之交配。

流浪雄狮的生活是非常艰辛的,因为有时必须亲自捕食,而且在穿过狮群领地时,随时可能遭受常住雄狮的攻击。在正常情况下,一只雄狮在刚刚成年时要过上一段流浪生活,做了几年常住雄狮之后,也会被新的篡权者逐出狮群,从而再度沦为流浪雄狮。如果走运的话,与别的雄性伙伴结为同盟,它还可能加入另一个狮群。到了年老以后,雄狮再度成为孤家寡人,不得不靠自己捕猎为生。它要不断地与鬣狗搏斗,抢夺别的捕猎动物捕杀的猎物。这样的生活使得许多流浪雄狮身上都有伤。有时,它们还会因为企图在防兽围栏里寻找容易到手的家畜被人类所捕杀。

尽管维生不易,命途多舛,有些雄狮还是终生流浪。这是它们自愿的选择,还是没有机会和力量成为常住雄狮? 这些问题很难回答。同样,要弄清它们能否生育后代也十分困难。它们常常与散居各地的雌狮进行交配,从而得以将自己的基因遗传,使血亲关系保持在一个可以接受的程度。

## 3 狮的生活

ShiDeShengHuo

狮能游泳吗？

在狮的"菜单"上都有哪些食物？

狮在白天狩猎，还是在夜晚狩猎？

......

# 狮是爱睡觉的动物吗?

　　白天,整个狮群都躲下大树底下或灌丛中酣睡,尤其是雄狮更显得非常懒惰,一天中差不多有 20 个小时在睡觉和休息,很少活动。雌狮和大一点的幼仔也经常在灌木丛中紧紧地挤在一起,呼呼大睡。它们有的是侧卧,头和爪子懒洋洋地放在地上。另一些则是仰面朝天躺着,一只爪子无力地朝天伸出,天气酷热时,狮最喜欢这种睡姿。它们偶尔也会爬到树上去睡觉。因此,它们也得到了"懒鬼"的名声。

　　其实,狮是最讲究效率的动物,白天睡大觉是避免耗费精力,以便最有效地利用时机,等待天气凉爽或者转阴才出来活动。平时,狮群中一个个哈欠连天,但这种反应并不是疲倦造成的,更多地是在刚刚醒来,或者处在恼怒、不舒服的情况下。有趣的是,除了常打哈欠外,狮还喜欢"伸懒腰"。

## 狮会游泳吗？

狮会游泳吗？答案是肯定的。不过，自然界的狮很少下水，也不爱洗澡，因此人们通常认为它们根本就不会游泳。不过，饲养在动物园狮虎混养区内的狮却能够让人们见识到它的游泳本领。在炎热的夏天，连日高温让动物园内的虎、狮们都热不可耐。烈日当空，热浪滚滚，人工搭建的凉棚下已难消酷暑，虎率先纵身跃进清凉的湖水中，惬意地扑腾嬉戏一番。稀罕的是，世世代代不谙水性的狮也许热昏了头，居然一改秉性，跟着虎一起游起泳来。

## 气味在狮的生活中起什么作用？

狮的嗅觉尽管不如虎、猎豹等食肉猛兽，但发达的程度也足以助其捕食和标记领地。雄狮比雌狮的活动范围大，它们通过视觉和嗅觉监视任何可能的侵入者，寻找发情的雌狮或者被狮群的其它成员杀死的猎物。雌狮也会用气味做标记，给路过的雄狮传达接受交配的信息。

它们把尿和其它排泄物撒在或者涂在小灌木、草丛或者树干上面，以其气味来划定领地的范围。或者一边用后爪刨土，一边往上面撒尿。它们不论到什么地方，爪间分泌气味的腺体都在那里留下气味信号。这一切形成了一种壁障，甚至就是嗅觉一般的人类在5米以外也能闻到。任何流浪的狮到了那儿，就会"闻出"其所含的警告意思。这种气味可持续数日，甚至数周，从中可以"读出"施放气味者的性别、年龄、身材和施放气味的时间。

狮只用气味这一种载体就传递了所有信息，并且用这种办法构成了同类之间的联系。

# 狮为什么会经常吼叫？

雄狮的咆哮声非常洪亮，震人心魄。它常将头伸向前方，伸长颈部，然后再向下，发出一系列如雷鸣般的隆隆巨响。这一连串长而紧凑的吼叫声划破沉寂的夜空，声声皆是优美的渐强音：先是一声低音，接着逐渐加强力度，最后再以自己独有的音调模式为终结。这种特有的叫声一般发生在黎明和傍晚，不过有时也会在夜里相继发出吼声，此起彼伏，间隔均匀，每次可持续30—40秒钟。狮的吼叫是需要花费能量的，因此很少在艳阳高照的情况下进行，以免过多地耗费精力。

这种吼声它并不像从前人们所认为的那样是捕猎的信号，而是表述它的领主地位，告诫其它雄狮，这是它的地盘，并以此来宣称群体的存在和进行群体间的联系。雄狮的这种声音信号传播的范围很大，气象条件好的时候，尤其是气候潮湿利于声音传递的时候，在平地可以传到8千米以外。

雌狮也发出吼叫，但是要低沉得多，大多是一声声单一、间断的音符，结尾是一声疲惫的高音叹息。幼狮在两岁前不会吼叫。同一群体的成员彼此熟悉各自的叫声。

# 在狮的"菜单"上都有哪些食物？

狮主要以动物为食，潜在的猎物名单包罗万象，多得惊人，既有非洲水牛、河马、长颈鹿，甚至非洲象的幼仔等体形巨大的动物成为它的"大餐"，也有乌龟、驼鸟卵和各种小动物的幼仔等"小菜"。偶尔它也吃一些草、果实等，尤其是在饥饿的时候。狮只是偶尔吃点水果之类。

当然，狮偏爱的食物主要是那些充斥于草原地带的食草动物中的优势物种。在狮最爱吃的猎物之中排在第一位的是黑尾牛羚，接下来就是斑马，再往下是各种羚羊，以及长颈鹿的幼仔和河马的幼仔等。偶尔它们也会不遗余力地追捕疣猪的幼仔等小动物，打打牙祭。

有些食草动物如羚羊等，雄性比雌性更易于遭受狮的捕猎。这主要是由于雄性为占有雌性的地盘而竞争角力，弄虚了身体，以及为求偶而进行炫耀和比武时太过疯狂，失去了理智；另一个原因就是在发出警报之后，雄性为保护它的"家眷"，往往亲自殿后，才惨遭不幸。

在不同地区，狮偏爱的食物会有所变化，因为不同地区内栖息的动物物种并不一样，狮也会根据环境的变化来调整它们的觅食习惯。

如果是猎物稀少的季节，狮也不再挑剔，只能逮着什么算什么了。它们开始捕猎各种平常几乎视而不见的一些动物，如乌龟、蟒蛇、鳄等，浑身是刺的豪猪，都成了它们的果腹之

物。在海岸附近生活的狮还到海滩觅食被海水冲上来的海豚、鲸,趁海豹在海滩上睡觉的时候发起突然袭击,甚至有时跳入水中与之进行激烈的肉搏。

狮虽有"百兽之王"之称,但对成年的非洲象、犀牛等体形巨大的动物也是"敬而远之",主动避开。

## 知识小百科

●●狮也吃腐肉吗?

狮主要以捕食活的动物为食,但有时也吃腐肉。人们通常认为,捕食性动物捕杀活的猎物,而食腐肉的动物吃的是已经死亡的动物肉。但事实上,狮不仅吃自己捕杀的猎物,也会偷吃其它动物,如鬣狗等捕杀的猎物,此外,狮还吃自然死亡的动物。对于狮来说,不管所处的环境如何,都有吃腐肉的习惯,所占的食物比例可以达到1/7。有时它们甚至会到处去寻找动物的尸体,尤其是流浪的狮,比定居的狮更热衷于此道。

## 狮在白天狩猎，还是在夜晚狩猎？

狮主要在夜间狩猎，它们凭借灵敏的嗅觉、听觉和视觉去发现猎物。狮在夜里的视力比较强，它们的视网膜后面有一个反射层，可以使光得到两次记录，因此对于发光度微弱的东西很敏感。大而直立的耳朵能够收集很微弱的声音，并能准确地判定方向。在夜里，可见度低，影子更暗，大地的起伏更能掩蔽捕猎者，其运动更为隐蔽模糊。然而狮不能只在夜里捕猎，因为瞪羚只在白天才到水洼喝水，只有趁它们喝水的当口发起攻击才容易得手，疣猪也只在白天才出洞活动……

在猎捕的过程中，只要猎物做出错误反应，或者有老弱病残拖累，捕猎就容易成功。对于食草动物等被捕食动物来说，通过食肉动物的捕食行为淘汰部分有缺陷或者不适应的动物，也有助于自然选择。年老的和年幼的个体经常成为捕食动物的牺牲品，因为它们反应迟钝，动作缓慢。如果说狮专找最弱的食草动物下手也是不实际的，因为只要机会合适，它们也不会放过那些年富力强的猎物。

一只成年的狮平均一年要捕杀大约20只大型猎物，才能维持生存。狮按住猎物时，通常是压住猎物的吻部，因此这个动作被称为"死亡之吻"。一般情况下，被如此按住或被狮咬住咽喉的猎物几分钟就会因窒息、失血而死。一只饥饿的雌狮一次可以吞下30千克肉食，雄狮则要吃掉45千克左右。这些肉食每次要花上几个小时才能吃完，这也是它们在4—5天内维持生命必需的食量。

# 为什么狮狩猎时总是潜伏在下风口？

在漫长的进化过程中，各种食草动物就掌握了躲避猛兽追捕的本领。它们大多群居，嗅觉也很发达，这样就更容易察觉危险的到来。它们不仅比狮跑得更快，并且可以高速跑很长距离。有时狮在草丛中休息，斑马、牛羚和瞪羚等就在距其几百米的地方食草，彼此之间都可以清楚地看见。大多数食草动物在身体健康、保持警惕的情况下，并不觉得狮有多么的危险。在这种情况下，它们并不需要逃走，甚至不需要远离。

在狩猎时，狮总是潜伏在下风口，这样才有可能悄悄地接近猎物，保证攻击得手。为了尽量接近猎物，狮要充分利用地形的起伏和障碍物，如干涸的溪流床、深草、树干、灌木……如果地面上的掩体不多，狮就只能趁猎物掉转眼睛时悄悄移动。猎物吃草时，狮朝前走；猎物一抬头，狮就止步。猎物隔一会儿就要抬抬

头，侦察周围的动静。当猎物再度低头食草时，狮又再度悄然逼近。大部分有蹄动物视野开阔，但对于静止不动的物体，可能看不很清晰。另外，它们也分辨不清颜色。因此，狮并不需要与环境浑然一色来瞒过猎物的眼睛，它们只要有不太深不太浅的褐黄色就行了。实际上，只有运动，尤其是在开阔的稀树草原上，才会暴露狮的行踪，即使夜间也是如此。

在距离猎物 30 米左右时，狮就会突然发起攻击，以时速可达 60—80 千米的速度朝猎物冲过去，将其扑倒在地，咬住猎物的颈部，并用全身重量压住对方。由于食草动物也可能十分强壮，而且具有自卫的武器，例如长角羚的尖角像剑一般锋利，斑马和长颈鹿能用蹄子自卫，水牛和其它羚羊也是用角防身，这些对狮来说都很危险，不小心的话，甚至完全可能被猎物所伤。

# 狮为什么经常需要耐心地守候猎物？

一般来说，哪里有猎物，狮就去会哪里捕猎，在它们的领地内并没有专门的"狩猎场"。在长有茂密植被的地区，或者食草动物喜欢来喝水、涉水的地段，捕猎成功的可能性会更大一些。

是直接向自己觊觎的猎物发起攻击，还是等它们自投罗网，这也是狮在猎捕之前经常需要做出选择的问题。当然，在很多情况下，它们会把这两种方法同时运用，既悄悄地逼近猎物准备突袭，又埋伏在草丛中等待猎物自己上钩。

守候猎物的最佳地点当然是食草动物的饮水点。在守候猎物的时候，雌狮很有耐心，它们的体毛较雄狮浅淡，与周围环境的色泽更为接近，更有利于隐蔽，常常一守就是几个小时。食草动物一般不在早晨或者黄昏来饮水，它们会选择在一天中最热的时候来，因为这个时刻狮和其它猛兽也都在休息。而且它们都十分警觉，一有风吹草动，或者闻到某种气味，在尚未确定是否有狮在潜伏的情况下，就已经一跳而起，望风而逃了。而狮却不是长跑选手，它们只能以最高速度跑 200 米左右。在奔跑中，猎物只要稍稍突然转向，就可以使狮在草地上滑倒。即使狮是超级猎手，处在食物链的顶端，也并不是每次都能很容易地捕到猎物。

# 狮群是怎样对猎物进行合围的？

狮的群居所得到的最大好处，也许就是能够通过集体捕猎而获得猎物。根据野生动物专家的统计，狮如果单独捕猎，成功的机会只有8%，而狮群采用合作的方式，成功率则达到30%左右。可见，众狮合作能使狩猎的效率有很大幅度的提高。

狮采用集体捕猎方式的主要攻击对象是像斑马、水牛以及长颈鹿这样的大型猎物，它们的体重一般都超过500千克，身强力壮，难以对付。如果不以集体之力，是很难将这样的动物当做自己的食物资源的。当狮遇到这些大型猎物的时候，就会呈一个扇形四面散开，然后先冲出几只奋力追赶猎物，迫使其进入埋伏圈，从容地撒下罗网，合群包围，并切断猎物逃跑的路线，最后猛扑上去，用强有力的牙齿咬住猎物的喉部，或者用锐利的前爪抓住猎物的颈部，使猎物窒息而死。

不过，合作捕猎的好处并不总是显而易见的。狮如果单独出击就能成功，那又何必动用更多的同伴呢？因此只有当单个的捕猎者需要帮助时，合作行动才能很容易地开展。另外，当雌狮需要养育幼狮时，它们合作的意愿就更加明显，在这种情况下，雌狮们也都更愿意参与集体捕猎行动。

# 狮怎样猎杀健硕的野牛等大型动物？

经常有这样的场景：荒野茫茫，一群水牛在溪边饮水。此时，狮在它们畅饮之侧的蒿草中潜伏着，窥视着，一场激战似乎一触即发。

对于非洲原野上身体健硕的水牛，狮一般不做正面进攻，而是尾随在水牛群的后边，当几只雌狮奔腾而出时，数百头水牛一哄而散。狮乘机瞅准落在队尾的个体进行恐吓，努力将它们与水牛群体隔离，再集中兵力进行捕猎。这样一场行动会耗时很久，往往需要很大的毅力和耐心。

最后，有一只机敏的狮会抓住机会扒牢水牛的臀部，这是它对付水牛的惯技。与此同时，另一只狮则迅速冲到水牛的身前，它们前后夹击，痛下杀手。这时候的水牛已经处于前后受敌的两难境地。前面的狮瞅准一个机会，避开锋利的牛角，一口咬住水牛的嘴和鼻子，这些地方是水牛的命穴。此后双方僵持，但水牛的体力已经渐渐不支，轰然倒地。狮便顺势扭转战利品的颈部，密封它的气管，致其断气。

狮有时也会攻击非洲象，不过目标总是象群中的那些幼象。如果决定了攻击的目标，狮就会采取在象群中制造恐慌的战术，那时幼象在慌忙的奔逃过程中就可能会被象群落下，或者被成年象所踩翻，狮就可以轻而易举地得到它们的猎物了，前提是要与象群保持相当远的距离。对于狮来说，这很可能是一种代代相传的战术。

# 狮与鬣狗谁更厉害？

狮在非洲原野上纵横驰骋，所向无敌，但对另一种草原食肉动物却无可奈何，这就是鬣狗。

鬣狗外形像狗，习性像狼，但实际上却与狗、狼等犬科动物的亲缘较远，而与灵猫、土狼等有较近的亲缘关系。它们是群居的动物，除少数"落伍者"外，多为集群活动。它们长着一身灰黑色暗斑皮毛，永远夹着条秃尾巴，形象猥琐，生性贪婪，专以不劳而获，偷食别人猎物为能事，所以名声不佳。碰上狮群进食，鬣狗们三三两两总在附近幽灵似的游荡，贼头贼脑等待时机以求一逞，哪怕是残羹剩饭，几块骨头也好。在多数情况下，狮显得很大度，对它

们的骚扰行为往往不予理睬，仍旧从容不迫细嚼慢咽。不过鬣狗有时得寸进尺，这样也会激怒狮，甚至招来杀身之祸。

鬣狗与狮相比，表面看来是弱者，但它们数量多，凶狠顽强，又善于发挥群体优势，这是狮无法与之抗衡的。当矛盾变得不可调和的时候，就会爆发激烈的狮鬣大战。当一只落单的雄狮正在享受刚捕获的羚羊，一群鬣狗闻讯而至，在雄狮的四周形成了一个包围圈，迫于雄狮的强大，鬣狗不敢贸然进攻。雄狮却无法忍受它们的打扰，于是怒吼一声，几只鬣狗后退了几米。雄狮并不安心，又一次向鬣狗们反击。被它驱赶的鬣狗纷纷后退，但另一方的鬣

◎鬣狗

狗伺机快速靠近羚羊尸体,用它们的利牙咬下肉块。当雄狮反应过来回头驱赶时才突然发现十几只鬣狗像天兵天将已围住了它的战利品,其中还包括刚刚被它赶走的那些鬣狗。鬣狗其实并非弱小之辈,一旦形成群体力量是不可低估的,雄狮在边上怒吼几声后只有选择离开。

不过,狮也并不总是被鬣狗欺侮。同样一头落单的雌狮也在享受它的战利品,一群鬣狗同样闻讯而至,在雌狮的四周形成包围圈。雌狮很烦躁,怒吼了一声,几只鬣狗被吓退了几米。但这只雌狮似乎颇有忍耐性,并没有选择反攻,而是一边警觉地抬头看看鬣狗是否靠近,一边不紧不慢地品尝美味。急不可耐的鬣狗就像热锅上的蚂蚁,在边上转着叫着,还时不时地向前骚扰一下。但雌狮最多只是吼两声吓跑靠近的鬣狗,并不出击驱赶。鬣狗的努力显得徒劳,雌狮始终不"上当"。直到雌狮吃饱,悠闲地离开之后,可怜的鬣狗们才吃到一点"残羹剩饭",而且还是和兀鹫分享的。

## 狮与兀鹫争食，谁更胜一筹？

在非洲的草原上，每当狮捕捉到较大的猎物的时候，不一会儿，成群的兀鹫就如同天降神兵一般，呼啦啦地在方圆 50 米左右的范围内围了一大圈，有时多达上百只。

这些兀鹫平时很有耐心，它们会等待雌狮吃饱以后，再来慢慢地分享它们的"残羹剩饭"。也常有这样的情况，雌狮饱餐之后，还要返回灌木丛中去照顾它的幼仔，但又不愿舍弃这个它拖不动的庞大猎物。而兀鹫们只要一看到雌狮准备离开，就立即张开双翅，摇摇晃晃地靠拢过来，几只大胆的兀鹫率先跳到猎物的身上，一边观察雌狮的动向，一边迫不及待地啄食起猎物的鲜肉来。这时，雌狮已经走出了数十米，当它回过头来，看到它的猎物已经被兀鹫们围抢争食的时候，就会立即反扑过来。狡猾的兀鹫则采用"敌进我退"的对策，和雌狮打起拉锯战。几个回合之后，雌狮就累得不行了，面对势众的兀鹫无计可施，只有一走了之，听凭不劳而获的兀鹫分享它的猎物。有时，只有雄狮出现的时候，兀鹫才不得不纷纷散开，由于雄狮体形魁伟，力气很大，能咬住猎物的颈部，慢慢地拖到百米以外的灌丛中隐藏起来。尽管如此，大群的兀鹫仍然会聚集在附近，不舍离去。由此可见，狮虽贵为"百兽之王"，要想保住自己的猎物也并不是一件轻而易举的事。

# 狮

趣味动物系列丛书

## 4 狮的繁衍

*ShiDeFanYan*

狮的幼仔是怎样出生和成长的？

狮群中为什么会有"托儿所"？

雄狮为什么会咬死幼仔？

……

# 群居生活的狮为什么也需要"诱导排卵"？

雌狮没有固定的发情季节,除了怀孕期与哺乳期,它一年里可以多次发情。它们发情期间隔有长有短,极不规律,有时两三个星期,有时几个月,其频繁的程度取决于猎物的丰足。发情短则一天,长可几周,不过大多在2—5天之间。但在一个群体中,几乎所有成年的雌狮都趋向于在相同的时间内发情,这样的好处就是它们都会在几乎相同的时间里产仔。其中的缘故目前尚不完全清楚,也许是由于第一个发情的雌狮的气味催发了其它雌性,但至少造成这个独特现象的不是雄狮。

由于这个原因,每当一个狮群里10只雌狮一齐发情时,那种交配场面才真叫疯狂。雄狮们一连好几个星期,专干此事,一个个累得精疲力竭。随后的结果是,不久就有大批的幼狮出生。

同所有猫科动物一样,狮也有"诱导排卵"的现象,也就是说,雌狮只有在交配的诱导下卵巢才开始排卵。如果它没有交配,也就不会排卵。有趣的是,具有这种排卵方式的动物大多属于雌兽独栖的类型,因为它在发情的时候,往往并不能肯定自己的周围会有雄性同类在活动,而当遇到雄兽,进行交配后再排卵,就能保证它的卵的受精,从而成功地繁衍后代。但是,像狮这样雌性群居的动物,也采用这种排卵方式就显得不太合乎逻辑了,因为在狮群内部总会有雄狮可以与之交配的。目前对这种现象的解释是,这个机制大概是从远古时代遗传下来的,因为那时的雌狮是独居的。

# 狮的幼仔是怎样出生和成长的?

雌兽的怀孕期为 102—116 天,两次生产的间隔期平均为 18 个月。雌狮到了怀孕最后数周,即将临产时,就会离群索居,把自己隐藏起来,直到在这个安全的地方分娩。一般是山丘中的岩洞、深沟,或干涸的河床边的浓密草丛。每只雌狮都有自己中意的巢穴,地点通常都是自己的出生之处。雌狮每胎产 2—5 仔,也有多达 7 仔的。生产完毕,雌狮会与幼仔独处数周,这期间只会在寻找猎物时偶尔离开一下。雌狮常用舌舔幼仔的身体以便保持清洁,帮助消化和排便。

初生的幼仔体重约为 0.5 千克,眼睛看不见东西,15 天后才能长牙,身上有深褐色的斑点或条纹,约半岁后逐渐消失,这表明在它的祖先的被毛上也是有斑点或条纹的。幼仔要过 10—15 天才睁开眼睛,可是力气却常常不小了,吃奶的时候它们一碰到母亲的乳房,就死死地抓住不放。可是它们无权独占一只乳房,大家要轮着来,每次要换。头几个星期,母亲总是十分警觉,对这些小家伙精心呵护,出于谨慎,每隔三四天,它就要改换藏身之地。雌狮会经常叼着幼仔的颈背,把它们一个个搬运到新窝中。3 周之后,乳牙出齐,这些小家伙也开始慢慢地自行活动了。幼狮在 4—6 周,通常都不会曝光,它们也不会逃离自己的窝穴。将近 6 周时,它们可以在窝边蹦跳了。这时母亲打来猎物,它们就偷点肉末碎渣,开始初尝固体食物的滋味。

在 6 周左右大时,幼仔由雌狮将它们聚在一起,带回狮群,因此它们可以说是在团队中长大的。

幼仔长大一点后,雌狮便常和它们玩耍,认真地教它们怎样捕猎、巡视和守卫自己的领地,捕到猎物后,先不咬死,而是让幼仔去练习处死、开膛和取出猎物内脏的方法。当幼仔的身体长到足够强壮时,就外出参加家族的狩猎活动,进一步提高狩猎的技术,积累计谋上的实践经验。

# 狮群中为什么会有"托儿所"？

不少昆虫、鸟类等动物具有共同抚养后代的习性，它们将卵产在同一个地方，再合力照顾下一代，但是这种行为在哺乳动物中却相当罕见，而狮则以养育彼此的后代而闻名。

等到幼仔能够独自四处走动，雌狮便会将它们从隐蔽处带出来，加入狮群的行列。雌狮群通常会在同一段时间内发情、怀孕和生产，因此大多数幼仔最后都交由2—4只雌狮组成的"托儿所"共同养育。雌狮喂奶6—8个月后，幼仔便改由"托儿所"负起照顾的责任，直到雌狮再度准备生产为止，届时幼仔也将近一岁半了。

在大多数情况下，"托儿所"几乎就是狮群的社会中心。在回到狮群后的头几天，幼仔的亲生母亲还要保护它们，露出獠牙，威胁着不许别的狮靠近。接下来，适应的过程完结了，它们就融入狮群，与成年狮和其它幼仔打成一片。

有了这样的"托儿所"以后，雌狮们也就更容易一起动身捕猎了。这种集体管理和教育也给了幼仔们一种好处，就是可以从另一只雌狮那里吃到奶水。

幼狮不分彼此，在集体的"托儿所"里成长，这就减轻了"多生多育"的雌狮的负担，从而可提高种群的繁衍能力。

# 雌狮为什么愿意喂养非亲生的幼仔？

雌狮不仅对自己的幼仔非常疼爱，也允许其它雌狮新生的幼仔吃自己的奶，如果不欢迎，最多踩踩脚或摔摔尾巴，让它们离开，这在哺乳动物中还是少见的。

雌狮的泌乳量主要受食物摄取量的影响，而与后代数量的多少无关。因此，当雌狮只生1—2胎时，它就会比生下3—4胎的雌狮有较多剩余的奶量。由于雌狮不管生几胎皆有相同的奶量，因此生得少的就会多剩一些。

为什么雌狮会愿意喂养非亲生的幼狮呢？就算慷慨献乳是因为自己生得少，或为了近亲，但雌狮仍然可以在狮群之外独自哺育幼仔，将奶水全部全留给亲生的后代，其它猫科动物莫不如此。

不过，狮群共同抚育后代的结果也会给它们带来益处。雌狮的团体愈大，保护幼仔的力量也愈强。如果雌狮能有效率地捕捉猎物，取得足够的食物，它们就可以做到公私不分，平均分配自己的乳量。

## 知识小百科

**●● 狮群能难免近亲繁殖吗？**

一般说来，要想在不发生近亲繁殖的情况下延续种群，狮群必须足够庞大，拥有至少100对有生育能力的配偶才能达到。也就是说，狮群的个体总数必须达到500—1000只。不过，目前在非洲原野上还没有任何一个狮群的个体数量接近这个数字。事实上，这种情况已经很危险，因为个体数量达不到延续种群的标准，就意味着非洲目前所有的狮群将来都有可能绝种。

# 狮的幼仔为什么喜欢做游戏？

狮的幼仔容易遇到危险，它们只是在狮群内部游戏。

它们在自己身上考验自己的勇气，并且通过一些不会造成伤害的游戏学习捕猎。除非是在很少的食物匮乏期，它们由于身体衰弱，会完全停止游戏活动，否则游戏就是它们生活中不可分割的一部分。幼仔喜欢摆弄某个小兄弟或成年狮的尾巴，或者翻滚大象的粪堆。乌龟总是让它们觉得新奇的东西，它们放心大胆地走过去，轻轻地踩踏着龟壳。乌龟赶快缩回脑袋和四肢，幼仔会吓一跳，后退几步，等乌龟做出别的反应。可是等了一阵，没有动静，

它们就又走上前来，试着用獠牙夹起乌龟，可是不太容易。幼仔的游戏多种多样，发狂似的追逐让人看了快乐，可是如果它们决定要逗弄豪猪，那就肯定不是好主意！它们甚至还会对汽车很感兴趣，拼命摇晃上面挂着的绳子。

幼狮在游戏中耗费大量精力，有时还会因此遇到危险，因为它们会在不知不觉之中离开母亲，而捕食性动物就在近处等待机会。尽管如此，游戏的好处还是显而易见的，它促进了小家伙的身体发育，蓄养了终生需要的力气。游戏场也就是课堂，让小家伙学会绕弯逃跑，使用狡计，学会改善居住环境，发挥

它们的创造性。成年以后，它们要争得一块地盘，或者捕猎自己的食物，这些技能都不可缺少。在游戏中长大的动物，能更为敏捷地应对意外事件。

其实动物的游戏类型也反映了它们的社会生活。幼仔的一举一动都是从父辈那里学来的。幼狮无论发现一根树枝还是一根骨头，都拿来与大家分享，即使发生争抢，大家也从中学会了较量力气，大的不欺负小的。动物的性别也在游戏中得到反映，雄性小家伙肯定最喜欢打架角力。

从另一方面考虑，游戏也是不可缺少的。人类与兽类一样，游戏可以消除暴力，强大的要俯就弱小的。狮群里年龄大的从不对幼小的施威，只有这样它们才一起玩得下去。此外，占上风者限制自己获胜的机会也能让游戏的快乐持续下去。那些大点的幼狮打斗，踮起后爪，纵起身体，一副你死我活搏斗的样子。

可是，只要输者伏在地上，把身体最薄弱的部位亮给对手的时候，赢者却不加利用，因为它在成长过程中，在游戏中学会了群居生活的规矩与习俗。再说，在打斗角力中，主角的态度清楚地表明这是作战演习，嘴是张着的，牙关没有咬紧，牙齿半露，这是心情愉悦的表现，双方都把自己的友善意图传达给对方。犬类与猫科除这些信号之外，还加上一种专门的身体语言：弓起背，爪弯曲前伸，摇尾耸臀。

# 雄狮为什么会咬死幼仔？

虽然雌狮要花将近两年的时间抚育幼狮，但雄狮总是蠢蠢欲动，它们可等不及了。雄狮群为了争夺雌狮群，彼此竞争相当激烈，但这种竞争并不会因为某个雄狮群的得逞而告结束，其它的雄狮仍会千方百计地找机会接近雌狮。因此，当家的雄狮必须随时随地为自己的交配权而奋战。届生育之龄的雄狮，终其一生都在咆哮与追逐陌生者之中度过。

雄狮要到将近 6 岁时身体才完全成熟，只有在这时它才可望战胜一个狮群里的掌权雄狮。即使它掌握了权力，也不可能长久，一般也就是两三年而已。所有当家的雄狮，最后都会被年轻力壮的一代击败，没有谁可以永远高高在上。但被驱逐的雄狮所留下的子女，对刚获当家权的雄狮而言仍然是个障碍，新来者也想赶在自己被击败前迅速孕育下一代。它想要与雌狮立即进行交配，然而有幼狮在身边的雌狮却无法受孕。为了生自己的亲骨肉，雄狮一旦执掌狮群大权，出于本能，会把"登基"时雌狮们正在抚育的幼狮杀死。

雄狮在野生状态很少活过 12 岁，而且一过 9 岁，精力就不济了。而幼狮需要长期依赖雌狮抚育。雌狮两次生育的间隔期一般为 18 个月到两年。雄狮如果让雌狮继续抚育既存

的幼狮，那就意味着它至少要等一年才能生育自己的后代。同时这也意味着它要保护前任的子嗣，并把它们抚养到身体成熟。咬死 4 个月以下的幼狮后，雌狮再过 8 个月便可再度生育。但 8 个月对雄狮而言时间太长，在它全部的成年岁月中，可以在雌狮群中当家的时间不会超过两年，它可不想把时间都浪费在当继父上。

如果杀死幼狮，雌狮过几个星期就能与它交配，生育间隔就会缩短，这就是雄狮杀婴的目的。据研究人员统计，从新的雄狮掌权到雌狮怀孕，一般在 4 个月左右。每当有新的雄狮群接管雌狮群，幼狮一律会失去踪影。大多数幼狮都是这样死掉的，但这在狮群中却是一种正常的过程。

在动物世界，屠杀幼仔的行为并不是独此一家。其它一些动物也有这种行为，因为这些动物的雄性只能在有限的性生活时间接触雌性，而雌性的生育间隔期又很长。

两个雄狮同盟交接权力的这段时期可以完全扰乱狮群的生活。雌狮对幼仔的保护极其软弱，根本阻止不了雄狮的行为。然而，还是有些带幼仔的雌狮试着反抗新来的统治者。由于它们比雄狮弱小得多，一个对一个的打斗一般都是以它们失败而告终。相反，如果它们联合起来有时还可以保住幼仔。子女年龄较大或者即将成年，雌狮有时也带着它们逃避新来的统治者，以后也尽量不与新来者接触。它们在自己的领地上失去了安全保障，成了逃亡者。它们的目的就是保护好子女，让它们自立，能够独自解决问题。

# 幼狮为什么很难存活？

幼狮的哺乳期约为半年，2.5—3岁性成熟，雄性2岁时开始逐渐生出鬃毛，至4岁后变得丰满。雌狮在幼仔2岁时会再次怀孕、产仔，使群体总能保持一定的数量及年龄上的差距。

不过，幼狮的死亡率却高得惊人，竟达到80%左右，尤其是1岁以下幼狮的死亡率更高。狮群愈不稳定，食物就愈不丰足，幼狮的死亡率就愈高。其原因主要有三点，一是当猎物缺乏时，幼狮便不能吃到食物，因为它们尚不能自己猎捕，狮群捕到猎物以后，成员们围住尸体，由雄狮先吃。幼狮处在社会最底层，最后才轮到它们。只有在食物十分充足的情况下，才能吃到剩下的食物。如果狮的栖息地雨水不足，常导致大半年见不到迁移性的动物，许多幼狮都饱受饥饿之苦，因为缺乏维生素，加上寄生虫的侵袭，它们的毛几乎掉光。它们身体衰弱，分吃猎物时到得越来越晚，以至于大约有1/3的幼仔会死于疾病和饥饿；二是在食物更为匮乏的时候，如遇到严重干旱或洪水泛滥的季节，它们就会被成体杀死吃掉；三是当狮群进行迁移时，会导致社会失序，使幼狮遭到抛弃或驱逐，从而饿死或受到其它猛兽的袭击，有许多幼狮成了鬣狗、豺狗、猎豹，甚至不属于本群的狮的猎物。如果幼狮和这些动物在路上相遇，又没有保护，那它们就必死无疑。很多正在哺乳中的雌狮往往还没来得及让幼狮加入狮群，那些幼狮就已小命不保了。只有少数幼狮能坚持下来了。一旦食物变得丰盛，它们又可以以惊人的速度重新长毛，恢复健康和游戏的欲望。

# 狮

趣味动物系列丛书

**5** 狮的文化

*Shi De Wen Hua*

我国的狮是从哪里来的？

我国的狮与佛教有什么联系？

为什么我国会有丰富的狮文化？

......

# 埃及发现的雄狮木乃伊有什么意义？

法国考古学家曾于 2001 年 11 月在一个古埃及陵墓中首次发现了一具雄狮木乃伊，这对于研究晚期古埃及文明具有重要意义，因为它证明了一个亘古流传的传说——早在公元前古埃及人便已将狮奉若神明。

这具雄狮木乃伊是他们在位于尼罗河流域沿岸、埃及北部的塞加拉村发掘一个古埃及陵墓时发现的。那座陵墓的名字为"Maia"，在古埃及语中是"勇者"的意思，是为了纪念古埃及法老图坦卡门的奶妈而兴建的。

据历史记载，"勇者"陵墓始建于大约公元前 1430 年。根据从这个陵墓中同时出土的人体木乃伊和一些被用来祭祀的动物木乃伊(主要是猫科)推断，这具雄狮木乃伊的年代应该也属同一时期。

尽管由于年代久远，这具动物遗骸受到了相当程度的破坏，但考古学家们仍然肯定地认为这是一具不折不扣的成年雄狮木乃伊，而且

这具木乃伊经过了特殊处理，保存得相当完整。这只狮显然是因为年迈体衰而自然死亡的，这一点从它牙齿的磨损情况即可判断出来。X 光对骨骼的检查结果表明，它与此处先前出土的猫木乃伊别无二致。

一直以来，虽然众多古典文学作家在讲述古埃及故事时都提到了一种古老的宗教风俗：将狮当做宠物喂养，在它们死后将其制作成木乃伊，入土时为其举行隆重的宗教仪式。可是上述说法此前从未得到过证实。法国考古学家的这项发现无疑为上述传说提供了真凭实据。

专家们认为，在古埃及，区区一只狮居然受到如此高规格的礼遇，这很可能是因为古埃及人"爱猫及狮"的缘故。古埃及人信奉神话中的猫神贝斯特，对猫非常崇拜，死后要被厚葬。因此，狮这种猫科动物也被当做猫神的儿子、狮头人身的热神的化身，受到人们的供奉。

◎埃及狮身人面像

# 我国的狮是从哪里来的?

狮是人们非常熟悉的动物,自古以来就被人们当做威武和权势的象征。狮是原产于非洲和亚洲南部等地的动物。在我国现有文献中,并没有发现出产狮的历史记述。

域外狮进入中国最早可追溯至西汉时期。公元前138年,汉武帝遣张骞出使西域,开辟了东西方交流的"丝绸之路",狮才开始以贡物的形式进入我国。班固《汉书·西域传》说道:"明珠、文甲、通犀、翠羽之珍盈于后宫,蒲梢、龙文、鱼目、汗血之马充于黄门,巨象、师(狮)子、猛犬、大雀之群食于外囿。殊方异物,四面而至。"其中称"狮"等为"殊方异物",这也进一步佐证了我国不产狮的历史事实。其后,也多有外国进贡狮的记录,如《后汉书·章帝纪》有月氏国献"师子";《后汉书·和帝纪》有安息国献"师子";一直到清康熙十七年(1678),仍有葡萄牙使臣进献非洲狮。

在我国文化中,"狮"属舶来品。这一舶来之物进入我国后,在被民众崇信的漫长历史时段内,"狮"既完成了自身形象的中国化改造,也实现了其为民俗标志物融入我国文化的过程。

# 我国的狮与佛教有什么联系?

在东汉时期,佛教开始盛行,而佛教又以狮为灵兽。《佛说太子瑞应本起经》载:"佛初生时,有五百狮子从雪山来,待列门侧。"《景德传灯录》记载:"释迦生时一手指天,一手指地……作狮子吼:天上地下,唯我独尊。"狮为佛座,《大智度论》卷七云:"佛为人中狮子,佛所坐处若床,若地,皆名狮子座。"又传文殊菩萨的坐骑就是狮。同时,佛教讲究"以像设教",所以佛教石窟大多刻有金刚、力士与狮护法。随着佛教的盛行,与之相关的狮信仰及狮的影像进入寻常百姓的视野应该是可信的。由此看来,东汉时石匠们所雕刻的狮其主要依据应该是佛教的影像狮,而非真狮。

宋末元初学者周密在他的《癸辛杂识》中曾有这样的记述:"近有贡狮子者,首类虎,身如狗,青黑色,官中以为不类所画者,以非真。"出现了人们见惯匠人们创造的狮形象,当一睹真狮反而不知是何物的怪现象。由此看来,出现在中国文化中的"狮"更多宗法的是佛教狮信仰与狮影像,动物意义上的狮与民众创造的狮走的是两条并行不悖的道路。

# 我国的石狮与自然界的狮在形象上有什么不同?

在动物学意义上的狮进入我国稍晚些时候的东汉,人们已开始用石材凿刻狮的形象。在四川雅安高颐墓前的石狮,建于东汉,是我国现存最早的石狮;山东嘉祥县武梁祠前有一对石狮,其《石阙铭》明确记述了狮凿刻的年代:"建和元年,太岁在丁亥,三月庚戌朔四日癸丑……孙宗作师,直四万。"其意是石狮由石匠孙宗凿刻于东汉桓帝建和元年(147),价值4万。石匠孙宗雕刻之狮所依据的显然非西域贡狮,因为作为普通百姓的孙宗是很难见到圈养于皇家苑囿里的真狮形象的,肯定另有所宗。

以佛教狮信仰为背景的狮形象,在进入我国后经历了一个漫长的演化过程,在这一过程中,民众以佛教狮信仰为宗,以我国文化为背

景对其不断进行着文化改造。汉朝时的雕狮身上多生有双翼,古拙神奇,如在据传为曹操所筑的铜雀台旧址,曾发现一对附着于门柱上的石狮,这对石狮明显可以看到西亚文化的影响——狮身上长着双翼;其后狮形象则多呈昂扬威猛形态,如在古都南京周围"六朝石刻"的石狮,线条简洁,高大威武,强劲有力,很好地体现了护卫者的作用;隋唐时期,雕狮渐趋写实,体魄雄伟,工艺精巧,使狮造型艺术出神入化;宋代以后,狮造型渐趋秀丽、雅致;清末政治腐败,狮尽显温顺柔媚之态,失去了原有的气势和神威;现代狮造型生动逼真,千姿百态,有开口的、闭口的、含珠的、抚仔的、踩球的、卷毛的、长毛的、蹲姿的、卧姿的等等,刻工娴熟,线条圆润流畅,身躯雄浑威武,给人以美的艺术享受。

在狮形象发生变异的同时，它也被赋予了更多的文化意味。除了魇镇作用之外，在随后的发展过程中，狮又被附着了诸如官阶、权力、等级等文化意义。如旧时置于达官显贵门前的狮，门左为雄狮，其脚边踏一只绣球，绣球象征权力，俗称"狮子滚绣球"；门右为雌狮，其脚下抚一只幼狮，寓意子孙昌盛，俗称"太狮、少狮"，这已成为一种习俗惯制。同时，狮头部鬃毛疙瘩的雕刻也很有规矩，鬃毛疙瘩数量越多，则主人官位品级越高。一品官或公侯等府第前的石狮头部有十三个鬃毛疙瘩，谓之"十三太保"，一品官以下石狮的鬃毛疙瘩，则要逐级递减，每减一品就要减少一个疙瘩，七品官以下门前摆石狮即为僭越了。狮底座花纹的雕刻也很有学问，正面雕刻瓶、盘和三支戟，象征着"平升三级"；右面刻有牡丹和松柏，象征"富贵长春"；左面刻有"文房四宝"，象征"文采风流"；背面刻有"八卦太极图"，寓其"镇妖驱邪"。

从造型狮材质上看，石质最为普遍，民众以石为材创造了许多形态各异、特色鲜明的狮造型。如北京天安门前的两对巨型石狮，庄严威猛，以其姿态之自然、形态之壮丽、雕刻之精致、身躯之魁梧，成为造型狮的精品。除了较为普遍的石材外，还有铁铸狮、铜铸狮等。如我国现存最大的铁狮——沧州铁狮，铸造于后周广顺三年(953)，其身高548厘米，长650厘米，宽300厘米，重达40000千克，身负莲花巨盆，头顶及项下各有"狮子王"三字，前胸及臀部束带，头部毛发为波浪状，四肢叉开，昂首挺胸，巨口大张，仰天长啸。其势威武雄壮，给人以鼓舞。

# 为什么我国会有丰富的狮文化？

虽然在我国境内并不产狮，但出现在我国文化中的"狮"，对我国民俗产生着巨大的影响，除了作为守护神外，还对民间建筑、民间造型艺术、民间表演艺术、民间娱乐、民间文学等产生着重要的影响，如狮的形象历来作为民间雕刻艺术的重要题材而长盛不衰，在寺庙、公园、豪门贵族等的街门两旁、殿堂的门侧，一般都有伏卧或蹲踞的铜狮或石狮，以表示其权势显赫和气势不凡。

专家认为我国的狮文化是由印度传入的。印度是我国的邻国，佛教从印度兴起，在西汉末年传入我国，而狮的梵语叫僧伽彼，即"众僧"的意思。狮作为佛祖释迦牟尼的象征动物，在佛经《涅年励》和《大智论》中均有描述。人们都知道唐僧(玄奘)历尽坎坷到西天(印度)取经的故事。其实在玄奘之前，已有许多人到过印度，印度也有多名梵僧来到中国，通过佛教的传播，把印度的风物、文化、艺术等带入中国。正如鲁迅所言："魏晋以来，渐译释典，天竺故事流传民间，文人喜其颖异，于有意无意中用之，遂蜕化为国有。"印度是亚洲狮的产地，印度的宗教离不开动物，狮的威慑力量早已为佛教所看重，所以融入我国的宗教、文化、民俗等方面也就不足为奇了。

# 狮舞的传统是怎样起源和发展的？

狮舞又称"舞狮"，是我国民间传统的文化娱乐活动。它是一种模仿狮的形象、动作，融造型艺术与表演艺术于一体的民间舞蹈形式，流行于汉族及部分少数民族地区。

狮舞最早起源于南北朝时期，距今已有1500多年的历史。北魏时，如逢佛像出行日，均由人扮辟邪狮，在前导路，这应该是狮舞的雏型。在南朝宋文帝元嘉二十三年(446)五月，宋交州刺史檀和之奉命讨伐林邑，林邑王范阳动用大象参战，军士骑在经过训练的大象上，手持长兵器作战，使宋军吃了败仗。为了对付"象军"，宋军先锋官宗悫想出了一条妙策：以假狮破真象。于是他命令部下连夜赶制许多假狮。每头"狮"由两名武艺高强的士兵披架着，埋伏起来，再次交锋时，隐蔽在草丛里的这群"雄狮"张牙舞爪奔向敌方，受惊的大象和敌军顿时乱了阵脚，宋军大获全胜。从此舞狮便首先在军队中盛行，后来流传到民间。迨至唐代，逢年过节或盛大集会，舞狮即成为颇受欢

迎的传统节目之一。唐代最著名的舞狮是"五方狮子舞",据《新唐书·音乐志》记载:"设五方狮子,高丈余,饰以方色,每狮子有十二人,画衣执红拂,首加红抹,谓之狮子郎。"由人扮演五头不同颜色的狮,各立一方,在狮子郎的引逗下,表演狮的俯仰驯狎等情态。发展至宋代,已与现代舞狮非常相似了。

明清以后,狮舞之俗尤为盛行。由此看来,狮舞应该是脱胎于佛教狮信仰的驱祟辟邪,如现在有些地方的狮队仍存沿门拜年辟邪之俗,只不过在后世的发展过程中信仰成分渐淡,仅存娱乐成分而已。

现代的舞狮有一到两人耍,也有三人交叉耍。一般的程式是以锣鼓为乐,两人合作,一人舞头,一人操尾,再有一人持彩球逗引。有些地区还增加一只幼狮,成为"狮子带仔",表现狮与幼狮间相互依偎的情感。在表演形式上,又分为"文狮"和"武狮"两种。"文狮"主要刻画狮搔痒、舔毛、踩球、翻滚等温驯神态,以细腻见长;"武狮"则表现了狮的勇猛性格,有跳跃、登高、翻腾、扑斗等动作,以奔放为主。

由于我国各地风俗不同,艺术创造与表演形式带有明显的地方色彩和独特风格,因而有江西"手摇狮"、"板凳狮",广东"醒狮",北京"单狮",福建"抽狮",河北"双狮",四川"高台狮",湖南"武打狮"等几十种独具特色的狮舞形式。近年来,经过艺术家们的加工、创新,使这一古老的传统节目不仅成为深受国内广大群众的喜爱的民间舞蹈,而且还在国际杂技艺术节上多次获奖,为祖国赢得了声誉。

# 狮能辟邪吗？

辟邪是中国传统的吉祥物之一。在民间，流传着辟邪中冲晦气、压邪气的神秘作用的说法，据传尤其是老年人，身上佩带一块玉辟邪，跌跌碰碰也不会伤筋动骨，非常灵验。

为什么辟邪会祛除不祥呢？这是与百兽之王的虎联系在一起的。东汉以前，辟邪似乎是以虎为原形而神化成的一种驱赶鬼怪邪恶的神圣动物，看上去十分凶猛和怪异，力大无穷，一切鬼怪见之都会胆颤心惊。

东汉以后，辟邪形象又多以狮为主。因为东汉时，西域地区常派使臣来朝贡奉奇珍异宝，其中就有凶猛无比的狮，由此形成了以狮作为辟邪原形的概念。早期狮是以镇物面目出现的，人们希望以狮"百兽之王"的威猛吓阻四面八方的邪魔妖怪，这与其"天上地下，唯我独尊"的佛教圣兽意义是一致的。此时的狮更多出现在陵墓、庙宇之前，以发挥其驱祟避邪的镇物作用。历史上，唐宋之际的狮最典型，写实性强，大气威猛。

以南宋脊饰砖雕狮瓦当为例，蹲式的雄狮利爪紧扣单瓣莲花纹瓦当前部，高大威武，侧身仰头，警惕地注视前方，突出的双眼炯炯有神，浓密的毛发披至肩部，尾部已残缺，颈部挂一只响铃，深凹的阴纹线刻，勾勒出前胸和两腿发达的肌肉，雄狮的威严和警觉的神态被表现得淋漓尽致，外部刷"墨煤"，乌黑不褪色。

明代以后，许多宫殿、府第、寺院，甚至富贵人家的住宅，都置石狮守门，以壮威观。后来就是在门枕、门楣、檐角、栏杆等建筑部位，也雕刻上姿态各异的石狮，虽然具有建筑的装饰成分，但仍不失其魇镇意味。

# 新加坡为什么被称为"狮城"？

新加坡不产狮，却被称为"狮城"，其原因是与传说中一位王子的奇遇有关。

相传在大约1160年前后，当时印度尼西亚苏门答腊附近小国室利佛逝的圣尼拉乌他马王子随父亲乘船离开苏门答腊港后，在宾丹岛登陆，遇到一位秀丽端庄的公主，两人一见钟情。不久，王子就同她结为夫妻，并做了宾丹岛王。王子新婚得意，便带着妻子和一帮随从外出打猎。

一天在海上时，他们遇到了滔天大浪，船摇摆不定，即将翻船，大家非常恐惧，公主也被吓得花容失色。在这危急时刻，船上的王子也没了办法。慌乱中，他无意间将王冠丢到了海里，出人意料的是奇迹出现了：风浪顿时平静下来，远处出现了一片洁白如银的沙滩。

王子问周围的人："这是什么地方？"回答是一个叫"淡马锡"的岛屿。于是，惊魂未定的王子下令，让手下将船开向海边，打算在这里打猎。突然，一只头黑胸白、身体红色、体形比公羊还大的怪兽出现在大家面前。这怪兽行动非常敏捷，还没等大家看清，就消失了。王子很是惊讶，急忙问随从这怪兽是什么动物。

其实，怪兽是一只东南亚老虎，但被问到的这位随从不敢确定。于是，他就谎称那是一只狮，用当地话说就是"Singa"(狮)。

"狮！"王子听了非常高兴，因为狮虽然不产于新加坡，但当地人一向把狮看做是勇猛、雄健而又吉祥的动物。而看到狮，也是吉祥的兆头。王子毅然决定登陆，并建立自己的王国。

他率领自己的部队把当地的酋长势力一扫而清，最终占领了淡马锡。接着，王子郑重地将淡马锡改名为"新加坡拉"，梵文叫"信诃补罗"。这是因为在马来语中，"新加"是狮，"坡拉"是城的意思。这便是"新加坡"和"狮城"名称的来历。

◀新加坡天福宫寺院的
狮舞表演

# 狮

**6** 狮的过去、现在和将来

*Shi De Guo Qu Xian Zai He Jiang Lai*

亚洲狮为什么在野外灭绝？

为什么会发生狮吃人的悲剧？

人狮之战何时休？

……

# 现在的狮是怎样起源和演化的？

狮的原产地在欧洲中部，英国、德国和法国也曾出土过它的化石。200多万年前的更新世时期，在德国南部、奥地利、匈牙利、前南斯拉夫、罗马尼亚和希腊等巴尔干半岛和多瑙河流域的河谷地带，都曾经是狮的家园。在距今大约5.5万年到20万年的时候，它们的分布区便向东南方向扩展，首先进入亚洲，然后分成两支：一支向西通过埃及进入非洲，再穿过赤道地区，踪迹遍及整个非洲大陆，进化成为现代的非洲狮各亚种；向东的一支则通过叙利亚、波斯，穿过中东，再进入印度，成为今天亚洲狮的祖先。

# 亚洲狮为什么在野外灭绝？

亚洲狮曾经出没于世界上一大块狭长区域，从南亚次大陆横越伊朗和阿拉伯半岛到欧洲、巴尔干半岛一带。但狩猎和人类扩张消灭了各地的种群，只剩下印度的一块亚洲狮的最后栖息地。

印度是一个传统的宗教国家，在本土的宗教传说中将亚洲狮视为"圣物"。过去亚洲狮也曾在食物短缺时捕食家畜，但印度人有着强烈的宗教信仰，并没有对它们进行捕杀。因此，亚洲狮虽生存环境恶劣，但在没有人类干扰的情况下，它们一直很好地生活着。自1757年印度沦为英国殖民地后，亚洲狮也开始遭到了厄运。英国殖民统治者将猎杀亚洲狮视为一种娱乐。虽然亚洲狮直至19世纪中期时还见于阿拉伯半岛和伊朗、伊拉克等地，并且遍布印度次大陆，但进入20世纪后，在人类100多年的捕杀之下，亚洲狮已经十分稀少，岌岌可危了，此时一些动物保护者开始宣布要保护亚洲狮，但仍有人偷偷进行捕杀。到1908年，亚洲狮仅在印度的古吉拉特邦境内的吉尔一带残存最后13只。因此在《濒危野生动植物物种国际贸易公约》中，非洲狮被列入附录二，但亚洲狮被列入附录一。

为了拯救这一珍稀濒危物种，不让它们彻底走向灭绝，印度的有志之士倾注了很多心血和大量的物力、财力，把它们全部捕捉进行人工饲养，从此亚洲狮在野外消失了。人们为了能让亚洲狮更好地生存和繁殖，又把它们放到了印度西部的吉尔海岸森林中，并在这里建立了保护区。经过长达半个世纪的保护和抢救

工作，使现在总面积为1412.13平方千米的吉尔自然保护区内偏安一隅的亚洲狮达到大约300只，成为生活在世界上的惟一的亚洲狮种群。实际上，这也成为一个保护动物的成功典范。

但是，亚洲狮的前景并不乐观。吉尔保护区位于热带季风带上，旱季缺水且高热，狮与当地贫苦的印度人一样，每天要走很远的路去饮水。而在雨季中，村民们又将大量牲畜赶到保护区内，与野生动物争夺有限的空间。同时，为了经济高速发展的需要，几条公路横穿

保护区,常有亚洲狮被疾驶的车辆撞死的事件发生。

专家认为这个亚洲狮最后的庇护所地域狭窄,如果让亚洲狮在同一个地方长久地呆下去,它们受到传染病、自然灾害和环境污染造成的伤害的机会就会增多,因而有必要让吉尔自然保护区内的一些亚洲狮"搬到"其它保护区内。不过,在它们的迁徙过程中,又常常会引发与周边社区居民的冲突,当地野生食草动物因畜牧业的发展而极度减少,饥饿的亚洲狮只好以家畜充饥。

更为严重的是,由于现在的亚洲狮全部是13只祖先的后代,已经形成种群退化趋势,极容易受疾病和基因的影响而导致全部灭绝。

## 亚洲狮有哪些特点?

亚洲狮又称"印度狮",仅产于印度西部,是唯一生活在非洲以外的狮。与非洲狮相比,亚洲狮身躯略小,体长约120—170厘米,体重约100—200千克。亚洲狮雄兽的鬃毛比非洲狮的少一些,在鬃毛的顶部有稀疏的头发,耳朵暴露在外边,而非洲狮的雄兽总是有浓密的鬃毛覆盖头顶和耳朵。不过,亚洲狮的雄兽不但脖子上有鬃毛,在它的前肢肘部也有少量长毛,而且它的尾端球状毛也较大。亚洲狮雌兽2岁半即可性成熟,雄兽4岁才达到性成熟。它们每胎产2—3只幼仔,但幼仔的死亡率较

高,一般仅成活1只。

亚洲狮成群一起生活,也常集体捕食,但大多是雌狮捕食,雄狮则坐享其成。通常由一只雌狮将猎物赶到其它雌兽下风,然后一起扑向猎物。它们吃饱后需喝大量水,而亚洲狮生活的区域属于热带季风气候,雨季时间很少,时常出现干旱,因此捕食后常需到很远的地方才能找到水源。这种恶劣环境不但使亚洲狮饮水困难,就连它们的猎物也很少。幼仔成活率低也是饮水及食物不足所致。

# 亚洲狮和非洲狮能杂交吗？

20世纪80年代，为了培育出一种特别吸引人的狮，印度查特比尔动物园管理员通过让亚洲狮和非洲狮杂交培育出一种独特的杂交物种。

在理论上，这个杂交繁育计划看起来不错。早先狮已成功地与虎、美洲豹等进行过杂交育种。所以，有什么理由不可以在同一物种的两个亚种之间进行杂交呢？这家动物园得到了两只在马戏团用于表演的非洲狮，让它们与动物园的两只亚洲狮进行交配。但当幼狮生下来后，管理员才明白这个计划出现了问题。这些杂种幼狮出生后，其后腿都严重疲软无力，几乎不能行走。更糟糕的是，几年过后，多数

杂种狮的免疫力开始下降。到2000年，当动物园已经培育出70多头杂种狮后，管理员不得不决定终止这一损失惨重的计划。他们切除了雄狮的输精管，决定让杂种狮自然灭绝。

现在，一些依然活着的杂种狮非常虚弱，以致它们连从骨头上撕下肉块的能力都没有，只能吃无骨的肉。

动物保护者们批评了该动物园在杂交繁育的实验中犯下了严重错误，在培育一种非自然的杂交亚种上浪费了繁殖计划。动物园也表示，一旦所有的杂种狮灭绝后，他们将转向培育纯种亚洲狮。

# 为什么会发生狮吃人的悲剧？

狮有时会吃人，这是肯定的，肯尼亚沃察"食人狮"就是一个最好的例子。1898年，肯尼亚沃察地区正在修建一座桥梁，两只雄狮频频出现在这里，并对这些筑路工人发起了猛烈袭击。这场袭击持续了9个月，狮咬死了130多名工人，从此沃察狮成了恐怖的象征。好莱坞甚至还将这件事拍成了电影《黑暗与幽灵》，由美国人瓦尔基尔默和迈克尔·道格拉斯共同主演。后来，两只噬血成性的"食人狮"最终被人们捕杀，皮毛被送入芝加哥野生博物馆收藏。在坦桑尼亚南部，每年有超过100个人受到狮的攻击。

在埃塞俄比亚首都亚的斯亚贝巴以南约500千米的索罗地区，也曾有一群狮突然频频袭击当地农民和他们饲养的牲畜，甚至闯进村落吃人。这群狮在光天化日之下咬死了大约

20人，并吃掉了约750只家畜。由于这个狮群已噬人成性，深感恐慌的村民纷纷离开家园迁往安全地带。

这是近年来几个著名的狮吃人的事例。过去狮在白天吃人是十分罕见的。但由于自然灾害频繁，林地和草原被人类活动所侵扰，狮所赖以生存的栖息地遭到了严重的破坏，这些才是酿成狮吃人悲剧的根源。

# 非洲狮的数量为什么锐减?

非洲狮,这个曾经称霸非洲草原的大型猛兽,在人类面前却显得那么不堪一击。

尽管半数的非洲狮都生活在受保护的国家公园中,但另外一半的野生非洲狮则命运堪虞。

野生非洲狮数量锐减是由多种因素共同作用而成:动物流行疾病、人类战争,加上为了防止狮捕杀家畜而时刻警惕着的当地农民,都对非洲狮的生存造成了严重威胁。

更重要的原因是人类对狮的猎杀。一些猎狮者吃掉它们的心脏,幻想这能为他们带来力量和勇气;一些猎狮者斩去它们的爪子,认为这能帮他们阻挡巫医的诅咒;一些猎狮者只是为了炫耀自己高超的狩猎本领;还有一些猎狮者只为那可以换得黄金的狮皮和狮骨。

全面禁止猎狮是这个问题的最主要的解决办法,这样狮才有继续生存下去的机会。为了保护数量锐减的非洲狮,肯尼亚等许多产地国家已经呼吁国际社会立即颁布针对狮首、狮皮交易的禁令。

为此,肯尼亚敦促各国政府在《濒危野生动植物物种国际贸易公约》的原则下,为非洲狮提供最大的保护。肯尼亚于2004年10月2日—14日在泰国曼谷召开的第13届濒危野生动植物物种国际贸易公约大会上,要求将非洲狮列入《公约》最濒危物种附录。然而,这个主张也遭到了一些产地国家的反对。在坦桑尼亚、南非、津巴布韦、纳米比亚、博茨瓦纳和赞比亚等地,人们可以有节制地狩猎非洲狮,每年靠出售狩猎许可证就可以带来不菲的收入。

# 人狮之战何时休？

  人类与狮的交往自古以来就充满了矛盾和火药味儿，由于狮有的时候也会去捕食当地农民的家畜，所以人们对狮也不断进行报复性攻击。近年来，当地的人们得到枪支和毒药的途径更加简便，猎杀狮变得更为容易，从而造成狮的数量锐减。

  为了避免当地的人们因为憎恨而对狮进行攻击，科学家专门研究了为什么狮喜欢捕食家畜，结果发现这与季节有关。当旱季少雨的时候，狮的主要猎物水牛、大羚羊等等被迫呆在水源稍多的地方，狮只要到这几个地方去捕

捉就可以了。但是当开始降水的时候，动物们的栖身之所就变得非常分散，狮的捕猎随着水源的充足反而变得更加困难，所以那些温顺的家畜就变成了最好的选择。事实上，狮并不在乎是否是雨季，它们只在乎有没有天然的猎物。如果没有食物，它们自然就会把目光转向那些家畜。

  既然知道了狮的这个捕食习惯，那么牧场主就可以采取相应的预防措施，例如，可以设立一个类似于"危险预警"的东西，在雨季的时候就可以多加提防。

83

# 非洲狮还有多少只？

据专家估计，1975 年时，非洲草原上生活着大约 20 万只非洲狮，但到 1980 年，这个数字已经下降至 7.6 万只。2002 年，非洲狮的数量更是下降到 3.9 万只。现在，尚有 2—3 万只已是最高的数字。

专家告诫人们：非洲中部和西部的狮有可能在下个世纪灭绝，因为这些狮群很小，生存受到威胁。

在非洲西部和中部地区，从塞内加尔到乍得，只有 2000 只。其余狮群很小，最小的狮群只有 50 只。而一个狮群的繁衍至少要

有 100 对有繁殖能力的狮。不仅如此，狮的生存还需要大片的栖息地。随着农业和畜牧业用地不断扩大，狮群的栖息地在不断缩小，并被分割得越来越散碎。狮的活动范围很大，仅一只雄狮就需要方圆 20—200 千米的地区才足够狩猎之用，所以栖息地的分割严重限制了狮群的活动，进而影响了它们的繁殖能力。

为了避免狮在下个世纪灭绝，人们现在把它们限制在 10 多个国家公园中喂养，但公园内的保护并不能够长期保证狮的安全，人们还要为那些在公园边界活动的狮提供保护。

# 艾滋病对狮有什么影响?

在非洲地区,艾滋病不但每年夺去上百万人的生命,还使威猛雄壮的非洲狮濒临灭绝。动物学家们发现,近20年来,艾滋病已经成为非洲狮数目锐减的主要原因之一。

狮群艾滋病病毒首次被科学家确认是在10多年以前,这是一种"地方病",在非洲的狮群中普遍存在着。从前,人们普遍认为非洲狮数目减少与人类的捕杀和狮栖息地自然条件恶化有关,但是随着病毒学的不断发展以及跟踪检测技术的进步,现在全球动物专家都已经确信,艾滋病也是造成狮数量锐减的一个极其重要因素。

其实,非洲狮数目锐减的现象已经引起了全球动物专家的注意。荷兰、英国等国的动物学家在博茨瓦纳西北部对非洲狮进行了长达6年的跟踪,那里是非洲最后一块有足够的自然条件供大群非洲狮生存的土地,但那里大部分狮已感染了艾滋病病毒。几个星期前还健康活泼的幼狮已经骨瘦如柴,狮毛打着结,身上的毛都掉得一块块的,失去了光泽。科学家对幼狮的血液样本进行了检验,他们认为非洲狮的艾滋病与人类艾滋病极为相似,可以在很短的时间内彻底破坏其免疫系统,且传播迅速。艾滋病的高传染率极大降低了幼狮的存活率。

科学家还提出了非洲狮的艾滋病病毒的传播途径:一是动物互相打斗;二是动物分享食物;三是雌狮在怀孕时传染给幼体。不过,

感染了艾滋病的非洲狮不会传染给其它动物或人类，它们死后，艾滋病毒也会随之消亡。动物学家倾向认为，猫科动物的艾滋病是由猫科动物免疫缺陷病毒引起的慢性接触性传染病，一些猫科动物的病毒是先天的。

现在非洲狮艾滋病研究中心已经在博茨瓦纳成立，很多专家已经赶赴非洲，并肩展开研究。科学家呼吁："现在狮的数目不断地减少，地球上很可能不会再出现非洲狮的身影，因此我们必须加紧研究工作，为非洲狮的命运而战！"

## 知识小百科

●● 为什么不同地方狮的形态有所不同？

从前多认为世界上的狮共分为12个亚种，但近年来的研究却认为仅有4个，它们是分布于非洲北部的北非狮，分布于非洲南部的南非狮，分布于非洲其它地区的非洲狮和分布于亚洲的亚洲狮（也称"印度狮"）。但北非狮的野外种群已在1891年—1920年间在阿尔及利亚、突尼斯和摩洛哥等国灭绝，只有动物园尚存少数个体；南非狮的野外种群也在近年灭绝，所以当今世界上仅剩下了非洲狮和亚洲狮。